肉彩

figure charnelle

梅原賢一郎

思潮社

肉彩　目次

装画＝著者──カバー「涙の理由」（水彩、コラージュ、一九七四）
──扉「階段のある家」（リトグラフ、一九七〇）

肉彩

抜け出し

何も望んでいなかったのだ。この暗闇のままでいいと思っていた。一歩とてこの閉ざされた部屋から外へ出ることができなかったはずだ。また外へ足を踏み出そうとも望んでいなかったはずだ。そうかといって何かこの部屋に希望を持っていたわけではない。この部屋の中でも黄金の糸を織り成すことができると思っていたわけではない。

ところがどうだ、僕が一歩を踏み出したのではないと思うが、この部屋が一歩ずれたのだと思うが、僕の眼前の現象に変化が生じたのだ。そこには確かに輝きがあった、雲母のような黒光りだ。それは唯の一つではなく、もうすでに僕の前にも後ろにも上にも下にも、その雲母のような輝きを放つ結晶体は無数にあったのだ。ああ妙な黒光りよ。

今日僕は僕の勉強部屋から外へ出た。十分歩いてまた帰ってきた。

悲哀

おお誇り高き波々の間隙をぬって垂らされた釣り糸に引っ掛かった小さな魚よ。僕はびっくりしたよ。おまえがそんなに鮮血を流すなんて。僕は駆け出したくなった。峯々を思い切り駆け荒してやりたくなった。僕には高き誇りがあった。それなのにおまえの鮮やかな血はなんだ。僕はそれを見ると狂乱したくなるのだ。

白紙

見たんだよ。やっとたどり着いたと思ったね。ああ白だったよ。白の土に白の草に白の木。白の車に白の自転車。白の猫、犬。嬉しかったね。全く気持ちよかったよ。凸凹していたんだ。道がね。よかったよ。皆んな元気だったよ。皆んな笑っていたさ。

恋人よ

敷きつめられた宮殿の石畳の合間におまえは入り込んで来た。王室へ続く石畳の上を歩きながら僕はふと目にしたのだ。ああ塗られた色よ。そしておまえは溶岩のように流れている。宙づりの濃度よ。レースのカーテンに隠されたおまえの肉体よ。逍遙の僕をどこへ誘おうとしているのだ。金箔で張りつめられた貴婦人の客間へでも連れて行くつもりなのか。

恋人よ。おお我が心の留守所に入り込んで来たおまえよ。

超越者

「これほどまでに息を吐かせるつもりか。息は絶えてしまいそうだよ。いつまで登りつづければいいのだ」

「ヒヒヒヒ、おまえはくだらぬことで嘆いている。優等生の超越者よ。我は紫色の血と汗を流して……、うっひゃー」

「優等生の超越者と道化師の超越者よ。聞け。どうして超越者が二人も居るのだ」

順番を待つ子供たち

アキレウスの怒りはどこへ行った。
寒山の笑いはどこへ行った。
ごめんなさい、ごめんなさい。
汝らが誇り高き暴風も僕の円形劇場の中では萎えてしまっている。
ヒューヒューとだけしかいわないよ。
アキレウスと寒山はにらめっこなんかしているよ。

のぞき眼鏡から砂ぼこりの中の光景を見ようと子供たちが順番を待っている。

残された玩具よ。
冬の街路は寒々としている。
長い木の影が灰色に延びている。
それも三本。
ビルは堅く啄木鳥が嘴でその壁をうがつ。
散乱した玩具よ。
壊れた玩具よ。

高き梢に

僕は梢に登ったんだ。馬乗りになっちまってね。ジャックと豆の木思い出しちゃったな。

てろてろと動かぬ大きな臀部をしたブロンズ像は僕の目の前でなんと大きく立ちはだかっていたことだろう。

夕陽は細長い池のある公園の片隅に立つ厳しい大理石像の長い影をつくっていた。

美術館はどこにあるのだ。どこへいっちまったのだ。

思い思いの服を着た群がる人々は奥の方へ進んでいった。

えっへえっへと誇らしげなくしゃみの響き合う洞穴の中で鐘はゴオンゴオンと鳴っていた。

トロイの木馬

僕はあなたをそっとしといてあげたかった
あなたの足元を泡を立てた波が寄せようとも
そしてその波が時に大きなひとでを運んできたとしても
鉋で削り落とされた木屑に埋まった
四つ足の椅子よ
おまえはほんとうはこんなところにいちゃいけないんだ
僕はトロイの木馬の片足を抱えている

あなたはもっと大きく立ち上がってもいいのだ
僕はトロイの木馬の中に隠れていればそれでいいのだ
　僕は馬の部屋の中に入って行く
廊下を歩いて行くといつのまにか天井を歩いていた
ドスドスと音がしたかと思うと階段が折れ曲がり
二階へ行ったつもりが地下へ降りて行っていた
トントンドアをノックしたら人が天井を足につけて
ドアから出てきた

キッチンルーム

あなたは誰もいないキッチンルームにいる
あなたの両足は木目の比較的はっきりした
椅子の四本の足とほぼ平行に並べられている
あなたは腕を少し開き
あなたの肩の線と両腕はおわん型の稜線をなしている
水道の蛇口が電球のようにまた銀製の杯のように光っている
あなたがなびかせている黒いヘアーの
八方に飛びだした端緒の小さな錘が

敷きつめられたタイルの上に垂れ下がっている
鍋やフライパンがたった一つの窓の際に吊るしてあり
水色の天井はあなたのまつげの延長線上にその面積を持っている

僕はこの部屋の中に入って行った
あなたの挨拶はヒクヒクという
魚がかかったときの釣り糸の微動でもって始まった
僕は階段を登るようにして床を伝って行った
ガサガサ鳴る閉めたつもりのドアが妙に気になり
僕は振り返ってみたが
そこにはもうドアはなかった
「波間に浮かぶあなた」
再び前方を見つめ僕は今度はそれだけを念じて進んで行った
天井はすぐ足元にあり

四面の壁はそこらじゅうで突き抜けていた

あなたはすでに部屋から出てしまっている
小さな子犬を連れて
果てしなく台所から遠ざかるトンネルのような廊下を
あなたは進んでいる
僕は上から降ってきたらしい数枚のベニヤ板に取り囲まれている
ドアは元通り屹立し
窓からは望洋とした光景がのぞいていた

あなたに

立体と野獣

あ〜あいっちまうよ
これから僕はあなたに愛を語ろうとしているのに
果てしなく滑り落ちる転倒したスキーヤーのように
そうじゃない
そんなに真っ白じゃないんだ
あ〜あもっと赤いんだな
僕の首から腰までが滑り落ちて行きそうだよ

許してくれるね
木陰に流された赤い鮮血を
静かな夕闇が優しく包んでくれるね
きっとだよきっとだよ

うあ～あいっちまうよ
もう僕の手の届かないところへ行こうとしているよ
必死でとどめようとしたって
もうその為に差し出した腕までがどこかへ飛んで行きそうだよ
信じてくれるね
純白のゲレンデでラジオ体操をする人がいるとしても
きっとだよきっとだよ
そしてそのラジオ体操をする人が実はマネキンだったとしても

僕はもぐらのようにもぐってやろうかなとも思うときがあるんだ
あなたはお好きですか
ノンノンときっとあなたは言うでしょう
もぐらの穴なんてまっぴらでしょう

うお〜飛んで行きそうだ
うお〜
もうよしてくれ
この絶壁に立たされた僕に命綱など放ってくれる女神などいないんだ
あ〜あ身震いがしてきた
てろてろと並べられた
「お好きですか」にあなたは一つでも答えて下さいますか

うんん〜

それでも僕は最後に力を一杯入れてジャンプを試みた
すると顔だけが大きく膨らみ
大きくなった目玉から大粒の涙が
ちゃんとした滴の形をして画枠を越えて落ちて行った

谷間

心の燃焼は感じられない
このところそうなのだ
うらみつらみも感じない
このところそうなのだ
どうかしてるね君は
友達が言ってくれたよ
どうしたのだ君は
でも何も感じない

唯あせりだけが
何も感じない
苦しくもなく嬉しくもなく
　唯谷間の中にいるような
谷間といってもUやVを思い出しちゃいけない
それよりも∩か∧の方が近いよ
古い神様が地獄だよとか
悪魔に誘われたのだよとか
言ったり
もくもくと煙は立ちのぼっているかい
などと聞いたりするのだけれど
いいんだよ
そんなの知らなくても

∩ or ∧でいいのだよ
さよならなんて言っちゃいけないよ
僕はいつまでもここにいるよ
　唯あせりだけが
何も感じない
ペッペッと息を吹いたら
∩ or ∧が∩ or ∧にならないように
　唯谷間の中にいるような
ねえ君たち友だちよ横になりなさい
ごめんね
僕をほっといて横になってもかまわないんだよ

行きましょうよ

別れ

ショショ
あなたの手の追い出し方は
憂愁無下な秋の日の
枯葉を掻き集める
八つ手の熊手
扉を閉めるその手は
回転することしか知らない
取っ手を摑んでいる
ショショ

耳を澄ましていると
あなたのつぶやくひとことひとことが
柱の影のように長い廊下の両端を
波状的に往復する
ショショ
私はとある寝台に横たわり
脹れた腹は青白く輝いている
ただ山の稜線のような腹だけが
しっかりした枠組を持ち
そうだ
あなたは扉の枠の中に入り込んでしまえばよいのだ
私の血はシーツを伝い床を伝い
あなたがその中でもがいている
扉の檻の中に染みていった

雨降り

落ちてきた
墜ちてきた
最初はひとかたまりの石膏のようなものが

僕はあわててその方に気を配りながら
よけようと身を翻した
僕の両の腕は必死で水平方向の模索を始めていた
かたまりは時折金色に光る

そして僕の横に伸ばされた腕の先が
とある扉の銀色に輝く取っ手を摑んだとき
僕はもう一度かたまりの方へ目をやった
墜ち続けていた
それと同時にもうひとつ別のかたまりも見つけたのだ
やがて僕がもといた場所は
かたまりで埋まり
僕は扉の内側にいた

座る

あるものはバスの座席に腰掛けている
今彼は腰を曲げて座った
あるものは講義室の一番後ろの席に座っている
今彼はゆっくりと座った
あるものは待合室の隅の席に座っている
今彼は煙草を指に挟みながら座った
　万人は座ったことがある
　皆一度は座ったことがある

王様も乞食も
男も女も
あるものは勉強部屋の机の前に座っている
今彼は素早くペンを取りながら座った
あるものは診察室の丸椅子に座っている
今彼は恥じらいながら座った
あるものは受付の前に座っている
今彼はあたりを見回しながら座った
万人は座ったことがある
皆一度は座ったことがある
王様も乞食も
男も女も

誰でも一度は走ったことがある

誰でも一度は走ったことがある
それが水蒸気の立ちのぼる
水鳥滑る夕暮れの
横風受けた帆船の
なみなみ注がれた酒杯の
そばであっても
よかったわねよかったわねと
抱き合った道端の

灯の暗い恐怖の
そばであっても
誰でも一度は走ったことがある

開閉

外へ出たら花が赤く咲いていた
家の中へ入ったら黄色い染みが目についた
上を見たら風車が回っていた
下を見たら落とし穴があった
四方八方足を伸ばしてみたら
迷路に出た
その中で佇んでいたら
夜になった
もう一度外へ出た

軽率

顔を出せば
夜の美酒のような手が触った
つぎに顔を出せば
千本針でちくちく刺された
目は見開いていたが
鼻は敏捷に行動を開始しようとしていたが

痛かったよ痛かったよ

湖へ

すべてが嫌いになった
昨日部屋を訪れたあの女も
何年かぶりで出会った昔の恋人も
夜のまどろみの中に舞い降りてきたあの少女も
迷路を行き迷う僕を執拗に追いかけてきたあの婦人も
すべてが嫌いだ
嫌いというよりもどうでもいいのだ
霧が晴れたから僕は湖から引き返してきた
僕は霧がかかるまで宿で待つことにした

酔狂

そばづえでころぶあほうにうりふたつ
赤い憂国のすってんすってん
あっ大きな大きな星でもなし月でもなし
今日もまた咲いていた
明日もきっと咲いているだろう
　おお雪か
ああ雪さ

眠る少女

眠る少女のはてしない夢の中
突然襲った毒花
たわいない夢枕に二三の花の刺繍
涙はキリンのまだらのように敷布の上に散らばっている
少女よ
眠る少女の白肌の胸間に
髪の毛よりも細い魔法使いの蜘蛛の糸が
暗闇の中ではりめぐらされる

一夜夢

星のある夜空がほしいというと
さっと
プラネタリウムで
星空をつくってくれた
輝く街の灯
そして星のかがやき
私はゆっくりと歩き始めた
どうも坂道のようであった

風の精

君の精が天井窓から
まったくさわやかなブリーズにのって
ながれこむのを感じた
とてもリズミカルであった
ひさしぶりで晴れやかであった

消えていった少女

その少女は去っていった
レモンの滴が空中ではじけるように
甘酸っぱい香りを残して
その少女は去っていった

その少女は消えていった
しゃぼんだまがふいにぷちんとわれるように
ぼくが夢から覚めると

その少女は消えていった

おまえよ
ぼくは枯葉をひろうように
おまえをなつかしんでいる
それなのにおまえはどこかに消えていってしまった

その少女は去っていった
わたしになにかを残したという
わたしになにか命あるものを残したという
その少女は去っていった

京都へ来た女《ひと》

京都へ来た女
京都が好きだといって
京都へ来た女
その女はいま五条の川辺で
仲秋の名月を見ているだろう
あいも変わらぬ
鴨の川辺
あいも変わらぬ

五条の軒並
東に西に南に北に
多くの名所をひかえてはいるが
その女は何に
胸を躍らせようとしているのか
僕には
いつもの街としか思えぬのだが

ふたつの貌《かたち》

ふたつの貌が
私を悩ませる
レースのカーテンが
ひかれた
そんな部屋の中で
あなたたちは
私を悩ませる
不思議な

なにかが交叉するような
かがやき

おまえは
赤いコートに包まれて
ハイヒールのかがやきが
おまえを
高貴にしているかのよう

おまえは
おさげ髪のあいだから
ふくよかな頬をのぞかせ
なにかすばらしいものを見つけたときの
新鮮なよろこびが

おまえの
顔をたたえているかのよう

いじらしいおまえたち
おまえたち二人が
肩をよりそって
歩いていくとき
そして
ときどき
互いの顔をのぞき合って
おもわず
二人とも
口に手をあてるようなとき
わたしには

あまったるいレモンの汁が
こぼれ落ちるような
感触がつきまとう

おかしなこと

花にも鳥にも
僕はただ
茫洋とした視線を注ぐだけ

遠くから
山寺の鐘の音が
細々と
響いてきていても

僕はただ
ぼんやりと耳を傾けるだけ

そんな僕だのに
そんな僕なのに
僕は秘かに
貴女を想っている
おかしなこと
ああおかしなこと

貴女の影が重く
僕の心にのしかかっている

藻

僕たちの語り合いは
いつも砂浜の足跡でしかない
貴女が旅したという
かの砂丘の小さな足跡でしかない
有無をいわせず消えゆく足跡
その消え際の砂が微かに擦り合う音
しゃらしゃらという音
その音が僕にはやるせない

僕のエスプリの擦り合う音は
もっともっとやるせない
貴女は僕の心に芽の吹かぬ種を残してゆく
その種の擦り合う音
そのやるせない音

貴女は水底の藻をかぼそげに語る
藻は流れ流れて僕の心に絡む
僕はその藻を
もつれた糸をほどくかのように
ひとりぼっちでていねいに剝がしてゆく

遠き夜

遠き夜
地下鉄に通じる赤茶けた手摺の付いた階段
どこへ行くのだ
どこへ夜を探しに行くのだ

唇にグラスを近付けることしかしらない腕
カウンター越しに見える女の光る指輪
黒い網目のストッキング

ネオンは凍えるようにいつまでも灯っている

昼の眩しさに目を背けた青年は
夜さえ見つけることができない

遠き夜
いつまでたっても夜にならない

貧相な冬

鮮明な映像が冬の夕暮れに頬に張りついた。それは好きな女の顔をしていた。地べたに落ちた枯葉が老いた目をこちらに向けた。ああ、もう想起することはよそう。こんな貧相な冬景色を歩む僕の姿を隅で美少年が見ていたら、その美少年は僕を軽蔑するだろう。

うすまぼろわ

言の葉が舞い散って……

われおもう
うすまぼろわのきみ
さがねぎのかいまより
うとろれしきみ
そわだるん
そわだるろ
とことわにきししおりしききみ
よろしゅだろしき
われしゅだろわん

ボートを漕ぐ少年

都会の公園で僕は一人ボートに乗っていた
縁から二メートルそこそこのところを伝いながら
ぐるぐると
ちっぽけな池をめぐっていた
僕はいつまでもぐるぐるとめぐっていた
池の脇の新築の真白いマンションが
角度を変えながら
ボートを漕ぐ少年に迫ってきた

僕はなんど肩に力を入れ直したかわからない
こうしてぐるぐると
旋回し続けていた

まわれまわれ
僕は池をめぐっていた
獰猛な船尾の唱う渦巻は
昼のただでさえ透明な真昼の水面を
かき乱していた

まわれまわれ
僕は漕いだ
僕は肉体の疲労を喜んだ

この献身的な愛に同調して
僕の手に持つオールは規則正しいピッチを継続した

砕けることの好きな僕の叙情
嘲りさえ
よし僕の横柄な胸に哀れみを残すとすれば
余剰の涙の代償に
無口なミューズの女神の口元を綻ばせたであろう
もっとも軽薄な魂さえ
あわてふためく唇をもって
大いなる愛の一端を語ろうとしたであろう

死の時

老病死

おだやかな時の流れ
いつまでもつづくと錯覚しかねないほどに
なだらかで平坦な時の流れ
それが撓められ歪められていると
ふと気づくことがある
そして歪《いびつ》な時のありように驚愕する

時はもはや

前の時間を後の時間が
ところてんのように突き押しながら
順序よく進んではいない
時間連鎖からこぼれおちた時は
固有な比重をもち虚空に垂れさがる

病の時
しかも快癒の目途のたたない病の時
…………………
快癒の目途がたつ病の場合であれば
時は一瞬凍りつくことがあるにしても
定まった快癒の時点にむけて
ふたたびスムーズに流れだすであろう

しかしそうではない場合
時は流れはじめることはなく
いつまでも凍てつき凝ったまま
すぐ直前の時間からもすぐ直後の時間からも断ち切られた
無規律な時が重く垂れる

歪で不慣れな時のありようは
耐えるに耐えられない
流れない時をせめて流そうとする
こうしてわたしのストイックな生活がはじまる
時間どおりに起床し
摂食し服薬し就寝する
流れない時に無理にも拍《リズム》を押しつけ流れをひきだす

時間どおりの面会
時間どおりの散歩
拍《リズム》を細かく刻むと時の音楽は生き生きするのか

ストイックな生活は快感をもたらす
快感は時がともあれ流れだしたこと
そのことに起因するのであろう
しかしそれは表面だけのことかもしれない
きっとそうにちがいない
快感の正体はむしろべつのところにあるのではないか
そう
あの歪な時からかりにも逃げだせたことに
というのも

流れだした時に
しゃにむに「社会性」を割りあてたり「自然性」を振りわけたりするのも
つまりは過剰で大袈裟な意味を賦与するのも
あの歪な時から
いちはやく目を眩ませたいという
底意のあらしめるものでなくてなんであろうか
そして流れだした時は
もとよりわたしの痩せ細った意志が
恐怖からつくりだした
これっぽっちの流れにしかすぎない
そのことを否むすべをしらない

病の時

歪な時が重く垂れる
………………
しからば
自発的に時を流すのではなく
よそから流してもらおうではないか
よその流れに身をまかせようではないか
こうしてよそから目途を買う
よそから買う目途は値打ちがありそう
なにせあの快癒の目途と取引されるのだから
商品名は「〇〇往生」とか「〇〇への救済」とかいうらしい
肉体的な快癒の目途をより高次であろう目途ととりかえて
ぴんと目途へとはられた時が流れる
もう一直線

しかし目新しい目途へとまっしぐらな人には
どこか後ろめたさがかくれてはいないか
あれだけ一心不乱になれるのも（なろうとするのも）
忘れてしまいたいことがあるからではないか
そう
あの歪な時から目を逸らせたことを

病の時
時は流れるに流れない
……………
切り立った時の縁にたたずむ
そして時の淵をのぞく
わたしはもはや逃げも隠れもしない

歪な時の淀みにそっと足を踏みいれる
ぐにゃっと捩《よじ》れるような

滞った時
伏流する渦

わたしはぬめぬめした時の癒合《アマルガム》のなかへと潜没する
そしてわたしをかぎりなく希釈する

ああ
これがあれほど忌避された時の沼か
時の深みに溺れ仮死状態のわたしは
癒合《アマルガム》のなかにもひときわ純度の高い成分を嗅ぎつける
沼を沼たらしめている沼の主《ぬし》のように

それはたしかに横たわる
……蛇

わたしがけっしてそれと同化しえないもの
徹頭徹尾わたしでないもの
他であるもの
その息づかいが耳をなでる
　スルスル　スルスル
　　ズルズル　ズルズル

死の音擦れか
蛇の爬行か

瀕死のわたしは
いつのまにかぬめりのなかで蛇と交合する
絡まり解《ほど》かれ
わたしは生まれかわる

死から切り分けられたわたし
死と蝶番になったわたし
死の割り符であるわたし
死と嵌め合わされるわたし

いったい
もし死の領分というものが
わたしになんら感知しえないものだったなら

わたしがそれに一切あずかりえないものだったなら
あるいはわたしがずっと生の身ぐるみのなかで生きつづけるだけだったなら
そもそもわたしそのものが不可能になるのではないか
死から切り分けられたものとして
わたしははじめてわたしになる

生まれかわったわたしは
ほどなく
時の沼から立ちあがる

……………

遠くに
いくすじもの時の川の流れがかすむ
時の沼の洗礼をうけたわたしは

もはやそちらを見やることもない

老いの時
時の川は蛇行する
……………
悲惨ともいえるほどに抜け落ちた頭髪
読もうとしても読めない手元の文字
風がとおるほどに隙間のひろがった歯茎
若者の歩行にもおよばない全力疾走

わたしは立ちすくみ
時の流れに急ブレーキがかかる

蛇行する時の川は
やがて「蛇行切断」によって
湾曲した突端部を川から切り離す

とりのこされた川
流れない川
もはや川ではない半環状のその部分は
「三日月湖」と呼ばれる

老いの時
…………
それはおいてきぼりをくらった湖か

ただ夜の月を映すためだけにあるような
やがて川でなくなった湖に
べつの時が沈殿するであろう

ああ
なつかしい時が
老いの湖に照り映える
あの時も
その時も
ほのかな光となって
湖面を射ぬき水中を円舞する

ああ
その斑な明かりは

幼児の紅潮した頰っぺのよう
湖底にはいく種類もの玩具が沈んでいく

ああ
なつかしい顔が
藻草の叢に映しだされる
わたしの顔もそれらに並んでいるのか

しかしまどかな光の戯れも
ほんのつかのまの絵空事か
老いの湖に影がさし
なごやかな懐旧の時はひん曲がる

老いとは
死の先触れでなくてなんであろう
ノスタルジアの花も
ひたすら老いの醜陋をかくすために
咲きに咲いた花ではないか
花が鮮やかであればあるほど
死に染まった老いの凄惨を物語りはしないか

死の地下水脈がうねり
湖水をどよもす
　スルスル　スルスル
　　ズルズル　ズルズル

生まれかわったわたしは
慌てることはない
怯むことはない
蛇である死の地下水脈に
足を取られ引きずられながら
足を揉まれ洗われながら
わたしはますますわたしになる

わたしは
……………
生きて死んでいるのである
死んで生きているのである

肉彩主義宣言

肉彩

肉彩《にくさい》とは何か。肉彩は文彩から示唆された言葉に他ならない。

文彩——その枢要な部分を占めるのは、隠喩（métaphore）や換喩（métonymie）等の比喩であると思われるが——によって、文は生き生きとしたものになる。即ち、「白雪姫」（隠喩）や「赤シャツ」（換喩）の場合のように、事象と事象との鮮烈な結合（「雪」と「白い肌」との結合）や、事象による事象の代置（「赤いシャツ」による「それをいつも着ている人物」の代置）によって、文はいやましに襞のある動性のものになる。

同じように、肉彩によって、肉体は「皮肉骨髄」生き生きとこの上なく可感的なものになる。逆に言えば、肉彩なしには、肉体は肉体ではなく、生きた屍である。文彩のない文が、平板で無味乾燥なのと同じように。

跨ぎ越し（肉彩①）

（くちこの）生は桜色と朱鷺色との中間ぐらいの淡紅色で、この種のものの中で一番感じがよい。乾燥したものはいくぶん代赭色に近い。生の香りは、妙にフランスの美人を連想するような、一種肉感的なところがあって、温かい香りが鼻をつく。（『魯山人著作集　第三巻料理論集』）

右は、海鼠《なまこ》の卵巣、「くちこ」についての魯山人の講釈である。

色、香り、食感が、絶妙に跨ぎ越される。よく料理は五感で味わうものだと言う人がいるが、その表現はいかにも生ぬるい。五感の調和的な並列によって作品という一つの全体が形成される、このような言いまわしもいかにも不味い。美食の肉体において、寧ろ、それぞれの感覚器官は、暴力的に渦巻き、時には、他の感覚器官を圧し、呑み込んでしまう。亦、渦巻きが渦巻きを巻き込むようにして、時には、爆発的な渦巻きを巻き上げる。こうして、折々、「美味しい」という言葉さえ凡庸極まりない賛辞でしかない、言いしれぬ感覚の現実が生まれる。「跨ぎ越し（enjambement）」とは、其処において、諸感覚が互いに、鬩《せめ》ぎ合い、食《は》み合い、跨ぎ合う、肉体に仕組まれた、肉体の修辞法（rhétorique）のことを言う。

抱き合わせ（肉彩②）

千桐の目が、郷の目と合った。そのとき千桐は、彼が火峯だけに関心があるのではなく、この家に上がってきたのは、自分にもその理由のひとつがありそうだ、と確信めいたものを感じた。彼女は郷の少したるんだ、なまあたたかな感情が流れ出してきそうな両目にどぎまぎし、いまはその動揺を隠さなかった。（高樹のぶ子『透光の樹』）

右は、高樹のぶ子の『透光の樹』からの一文である。石川県は鶴来町の刀鍛冶の娘千桐は、嘗て父（火峯）の取材ロケに訪れた番組制作会社の郷と、長い年月をおいて、再会する。雪解けでぬかるんだ、千桐の家の玄関先……。再会は、何よりも、見つめ合うことから始まった。

千桐の目と郷の目との間で、呪力とも言いうる、異次元の強度が漲る。最早、

「目が合う」という常套句では済まされない程に、目と目とが刺し合う。有り余る感覚の現実は、二人の身体をして、日常の一線を越えさせてしまうであろうことは、火を見るよりも明らかである。肉彩の万華鏡の中に惑溺する二人の肢体を見届けるのに、あと数枚のページを捲るだけでよい。

「抱き合わせ（embrassement）」とは、其処において、能動（見る目、触る手）と受動（見られる目、触られる手）とが、とっかえひっかえ、でんぐり返り、裏返され、抱き合わされる、肉体に仕組まれた、肉体の修辞法（rhétorique）のことに他ならない。

絡み合い（肉彩③）

島村は表に出てからも、葉子の目つきが彼の額の前に燃えていそうでならなかった。それは遠いともし火のように冷たい。なぜならば、汽車の窓ガラスに写る葉子の顔を眺めているうちに、野山のともし火がその彼女の顔の向うを流れ去り、ともし火と瞳とが重なって、ぼうっと明るくなった時、島村はなんともいえぬ美しさに胸が顫えた、その昨夜の印象を思い出すからであろう。それを思い出すと、鏡のなかいっぱいの雪のなかに浮んだ、駒子の赤い頬も思い出されて来る。（川端康成『雪国』）

事象と事象とが、不意に短絡（ショート）し、懐かしさや愛おしさや妖しさの強度が其処に生まれる。

「絡み合い（entrelacement）」は、空間的と時間的とに分けることが出来る。事象と事象とが、空間の中で、ショートし絡み合う場合と、事象と事象とが、時間を隔てて、ショートし絡み合う場合とである。

但し、絡み合うと言っても、事象と事象とが、予め、よく似ている（類似）とか、接近している（隣接）とかの関係があって、そうなるのではない。どのような事象と事象とがショートするのかは全く予見することが出来ない。兎にも角にも、突然、ショートし、其処に、徒ならぬ感覚の現実が生み出される。因みに、「類似」だとか「隣接」だとかは、後から詮索された名称にしか過ぎない。

と言うのも、ショートそのもの、詰まり、両者を取りなす何ものか、木村敏であれば、和辻哲郎に倣って、「間《あいだ》」と言うであろうが、そちらの方にこそ、プライマリーな重要性があるのではないか。絡まり合う二つの事象は、「間《あいだ》」から仮に分岐した、幻像（あるいは仮象）にしか過ぎないのかもしれない。

さて、川端からの引用文である。主人公の島村は、電車で乗り合わせた葉子と湯沢の温泉町で再び出会う。勿論、葉子は車中の葉子とショートし、二重写しになる。そして、車窓に映る葉子の目が野山の灯火と絡まり妖艶な光を輝かせていたように、目の前の葉子の目も燃えているように見える。それだけではない。同時に、雪と絡まり合った駒子も思い出されて来る。火と絡み合った葉子に雪と絡み合った駒子が絡まる。「絡み合い」の「絡み合い」。一体、川端は、「絡み合い」の多重奏こそが、美の奥義とも言わんとするのか。

嵌め合わせ（肉彩④）

僕は芝の枯れた砂土手に沿い、別荘の多い小みちを曲がることにした。この小みちの右側にはやはり高い松の中に二階のある木造の西洋家屋が一軒白じらと立っているはずだった。が、この家の前へ通りかかると、そこにはコンクリイトの土台の上にバス・タッブが一つあるだけだった。火事──僕はすぐにこう考え、そちらを見ないように歩いて行った。すると自転車に乗った男が一人まっすぐに向うから近づき出した。彼は焦茶いろの鳥打ち帽をかぶり、妙にじっと目を据えたまま、ハンドルの上へ身をかがめていた。僕はふと彼の顔に姉の夫の顔を感じ、彼の目の前へ来ないうちに横の小みちへはいることにした。しかしこの小みちのまん中にも腐った鼹鼠《もぐらもち》の死骸が一つ腹を上にして転がっていた。（芥川龍之介『歯車』）

晩年の芥川は「蜃気楼が美しい」と言う（言うまでもなく、『蜃気楼』と言う珠玉の名品がある）。「蜃気楼」とは、見えるようで見えない。少なくとも、可視性の安定したキャンヴァスの上に、明瞭にピンで止められるような映像ではない。見えるもの（生）に見えないもの（死）が既に浸透し、見えないもの（死）に見えるもの（生）が既に切迫する。勿論、其処に、固有な美の現実が滲み出る。

初っ端から、「芝の枯れた砂土手」と言う、可視性の嵩が極力削られた映像が映し出される。そして、「小みちを曲がる」。「曲がる」とは、当面の可視性を不可視性へと葬り去ることを意味する。で、新たな可視性として、「二階のある木造の西洋家屋」が「立っているはず」が、「コンクリイトの土台の上にバス・タッブが一つある」だけ……。予定されていた可視性は、言わば、始めから半分削られてしまっている。

するると、新たな可視性として、「自転車に乗った男が一人」やって来る。然し、「ぼく」は、男に、姉の夫（鉄道自殺で死んだ西川豊）を重ね合わせる。忽ち、可視性に死の烙印が押されてしまう。生から死への反転。更に、「横の小みちへはいる」。駄目を押すかのように、折角の可視性もすっかり拭い去られてしまう。

其処に、亦、新たな可視性として鼹鼠《もぐらもち》の登場。然し、この鼹鼠……、主人公の「ぼく」は、先に、鼹鼠、英語では mole と言うが、mole から、フランス語で死を意味する mort を連想する場面がある。とすると、鼹鼠にも、最初から、死のヴェールが懸かっていることになる。その鼹鼠の死骸。死の死か。反転の反転か。

晩年の芥川の映像は、裏を覗かせ翻りながら、生きているのか死んでいるのか、ヒラヒラと舞い落ちる、枯れ葉の一枚一枚に映写されて行くような、か細くもあるが、何とも美しい映像シークエンスではないか。

「嵌め合わせ（emboîtement）」とは、其処において、見えるもの（生）と見えないもの（死）とが、相互嵌入する、肉体に穿たれた、肉体の修辞法（rhétorique）のことに他ならない。

宣言

一、肉彩主義は、肉彩の慎ましやかで繊細な象《かたど》りを何よりも尊重するものである。
一、肉彩主義は、肉体を固定する、あらゆる無粋な観念やイデオロギーとは無縁である。
一、肉彩主義は、放恣に流れ、懈怠に陥ることを恥とする、肉体の禁欲主義（ストイシズム）である。
一、肉彩主義は、神なき時代、新たな安全網（セーフティー・ネット）を、懐かしさ、床しさ、愛おしさの、肉体の慈しき感覚のうちに、模索するものである。

あとがき

ここに詩集を刊行することにした。

最後の二つ（「死の時」「肉彩主義宣言」）をのぞいて、二十歳前後に書かれたものである。青春の只中の私は詩人に憧れた。世になされるべき美しい仕事があるとすれば、それは詩人の仕事のほかにはあるまいとさえ思っていた。

やがて、私は美学という学問を生涯の仕事として選んだ。詩人になれないにしても、詩人や芸術家について研究することで、所望のはたされないことの補償としたのかもしれない。選んだ道は、それゆえか、どこまでいっても、けっして居心地がいいものではなかった。何かを諦め、第二希望を選んだものの屈折した気分からなかなか抜けだせないままでいた。

教授は、「芸術を研究しようとするなら、およそ芸術家になりたいというような余計な気持ちを断ち切らなければならない」といった。私は、したがって、この裁断の儀式をいつまでたっても躊躇した、まれなる劣等生ということができる。詩集を刊行することにしたのも、劣等生のなせるわざにほかならない。

私のような凡俗な人間も、当時は、「前衛」の渦のなかにいたということができる。フォーヴィズム、キュビズム、ダダ、シュールレアリズム……。それらの理念はもとより、青春の私は、それらの音感にさえ酔った。そして、抽象絵画、抽象表現主義、ポップ・アート、キネティック・アート、ミニマル・アート、コンセプチュアル・アートと、流行を行きつ戻りつ、とにもかくにも、私は私の「同時代」を生きた。

かつての私の詩を読み返してみると、ほかに、ロブ＝グリエなどの「ヌーボー・ロマン」の傷跡を見いだすことができるであろう。

そして、いま私はほとんど詩を失ってしまった。かわりに、「前衛」や「同時代」について、すこしはうまく語れるようになったかもしれない。しかし、詩人哲学者、ニーチェの言葉に、「血でもつて書かれたもののみを愛する」とあるが、かつての詩といまの語りと、どちらにより愛すべきものがあるかと問われれば、劣等生の私は、躊躇なく、かつての詩だと答える。詩は等身大であるが、説明的な言説の尺度はいつもあいまいでいかがわしいものだと思うからである。

「アウシュヴィッツ以降、詩を書くのは野蛮だ」といったのは、アドルノであるが、福島以降、詩を書くのは野蛮であろうか。

被災の現場において、凡百の説明によりも、垂直の叫びに身を揺さぶられたとすれば、とうていいまの私には、詩を書くことが野蛮だとは思えない。そして、「危機」と称されるものを前にして、無意識のうちにも言説が一元化されていくのを覚えるにつけ、それにささやかな抵抗をするためにも、詩を書くことは必要だと考える。

最後に、詩集を刊行するに際し、思潮社とのあいだをとりついでいただいた、学生時代からの先輩にして畏友、篠原資明氏にこころから感謝の意を表する。

二〇一二年　春　京都にて

梅原賢一郎

肉彩《にくさい》

著者
梅原賢一郎《うめはらけんいちろう》
発行者
小田久郎
発行所
株式会社 思潮社
〒一六二―〇八四二　東京都新宿区市谷砂土原町三―十五
電話〇三（三二六七）八一五三（営業）・八一四一（編集）
FAX〇三（三二六七）八一四二
印刷所
創栄図書印刷株式会社
製本所
小高製本工業株式会社
発行日
二〇一二年四月二十五日